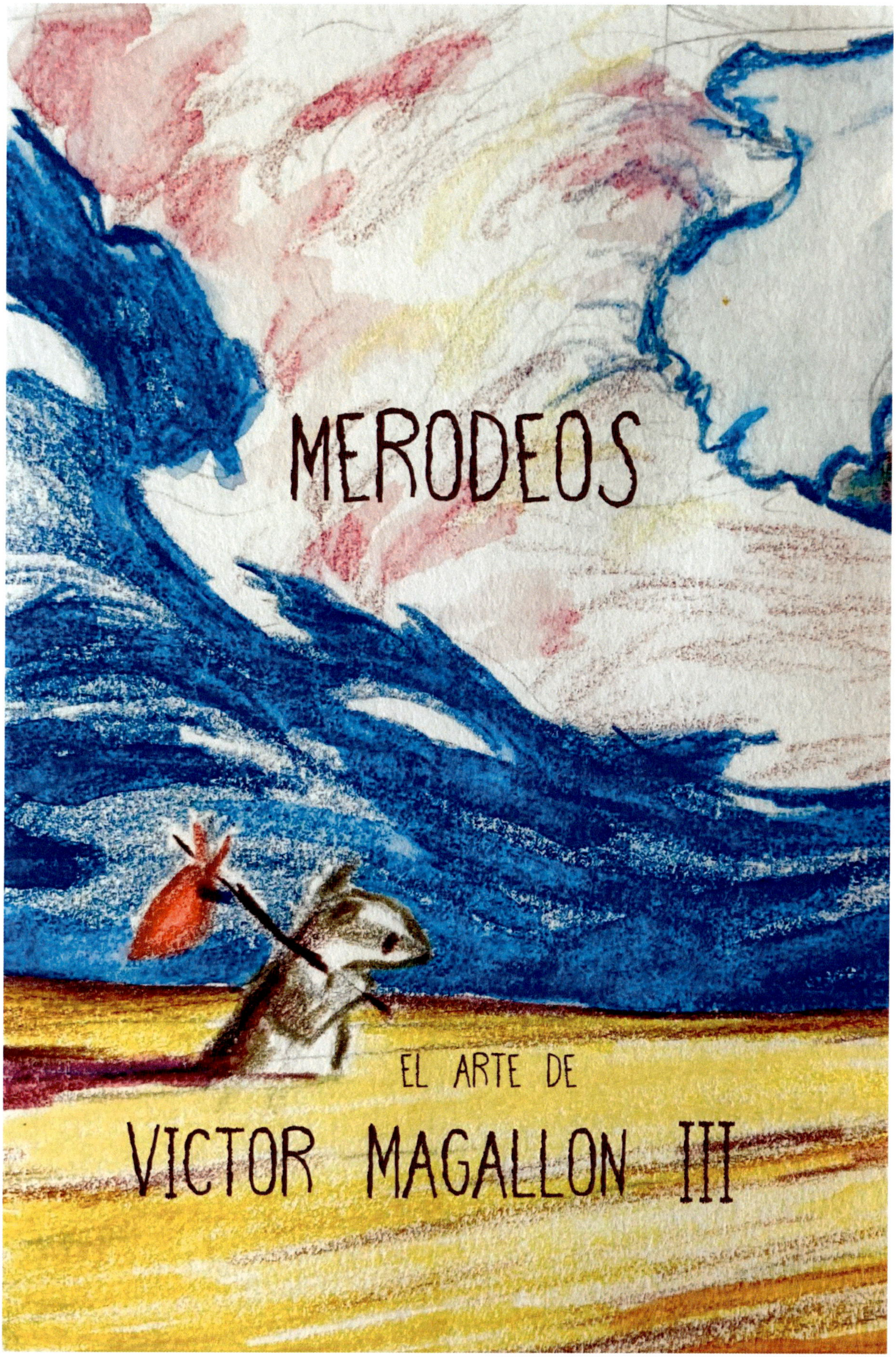
MERODEOS
EL ARTE DE
VICTOR MAGALLON III

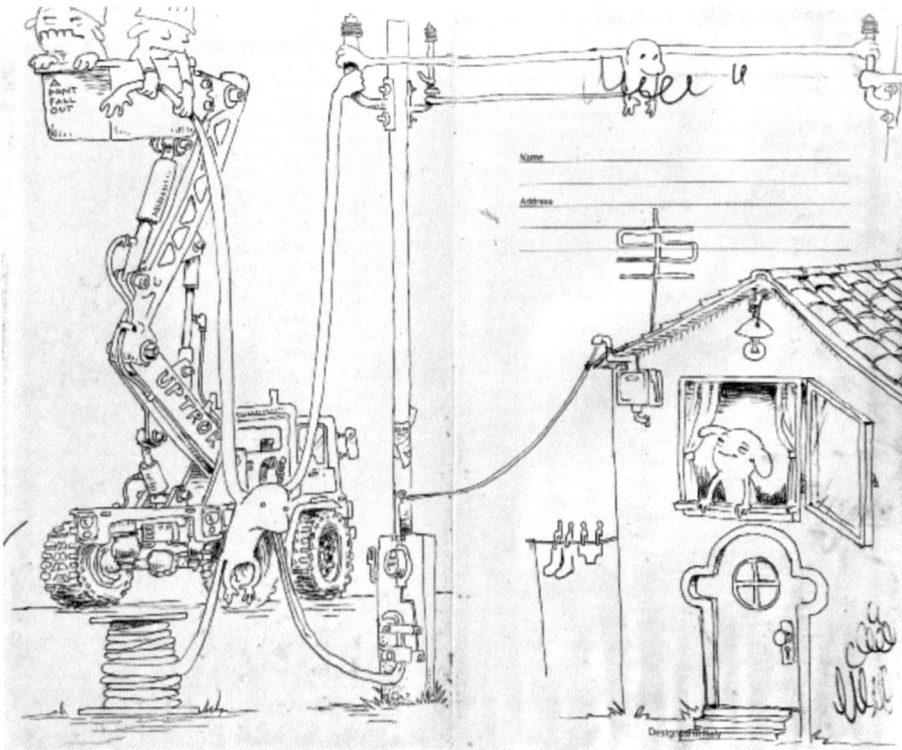

Bienvenidos al mundo de Victor, donde nos encontramos
O sonriendo de oreja a oreja o totalmente perplejos de la mejor forma posible.

Como almas gemelas, Victor y yo compartimos la creencia que Jesus no fué nada mas un hombre bueno; fué el máximo artista, el creador del mundo. Cristo nos comisionó para ser "sal de la tierra" y "luz para el mundo"...analogías creativas que nos muestran la importancia de nuestra expresión personal.

El arte de victor nos recuerda que fuimos hechos para explorar las posibilidades ilimitadas de nuestras imaginaciones como testimonio a la "luz" que llevamos dentro..
disfruten!

– John Porter Lasater IV

# CRIATURAS Y
# SU GENTE

GTHHH

The greater a man's talents
The greater his power
to lead astray
- A. Huxley

Emporium of Dange
and Poorly Domesticated

7.0

6.0

5.0

TROMP TRO

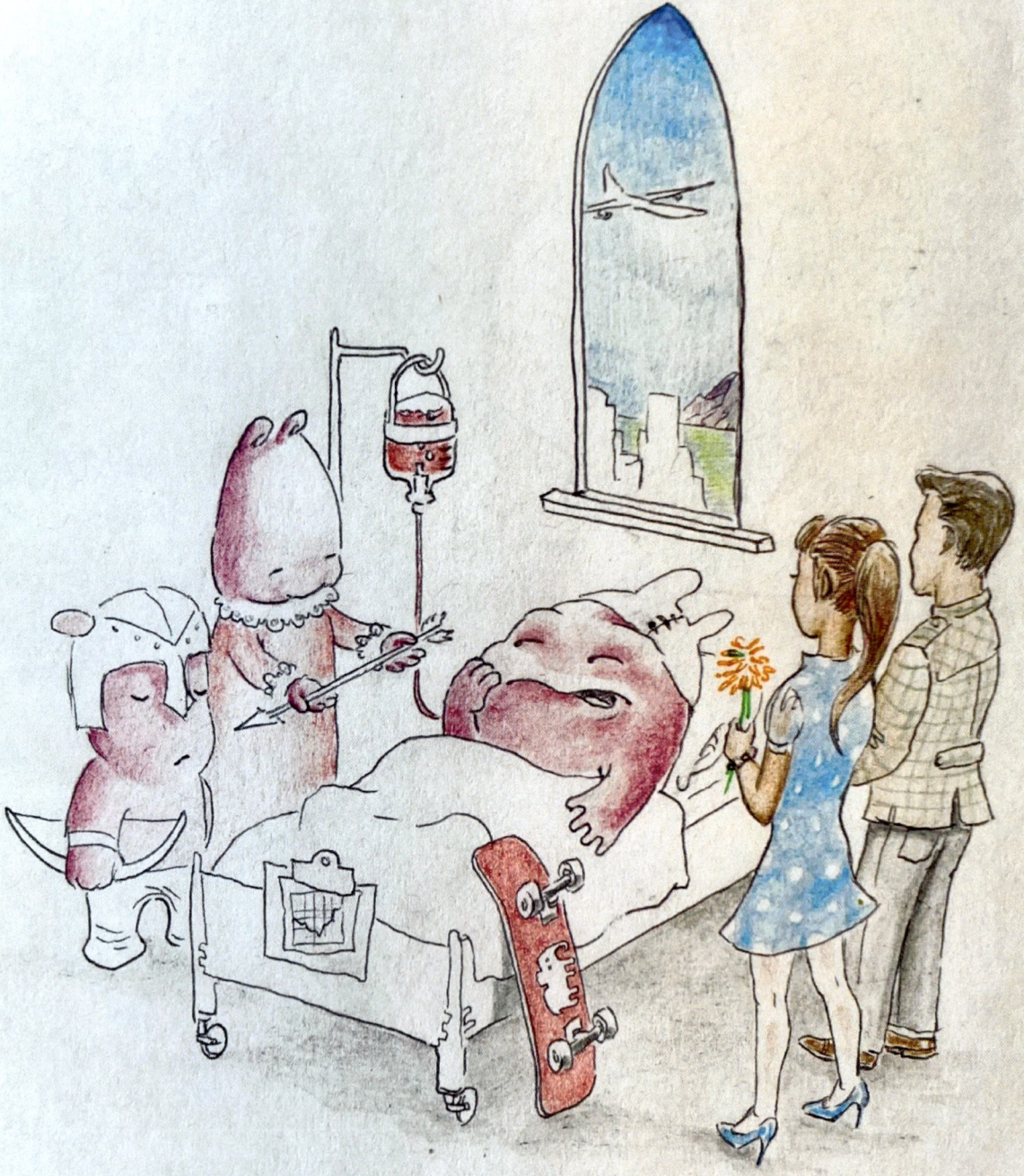

# Albums que aún no existen

Abducción alienígena mal planeada

Unspent deer tag

Quien caza a quien

mindsump

Sumidero psicologico

A QUIEN LE INCUMBRE - LOS CARAMELOS VIAJADOS

Todo invento sirve para
Hacer la vida más cómoda
O destruirla con mayor eficacia

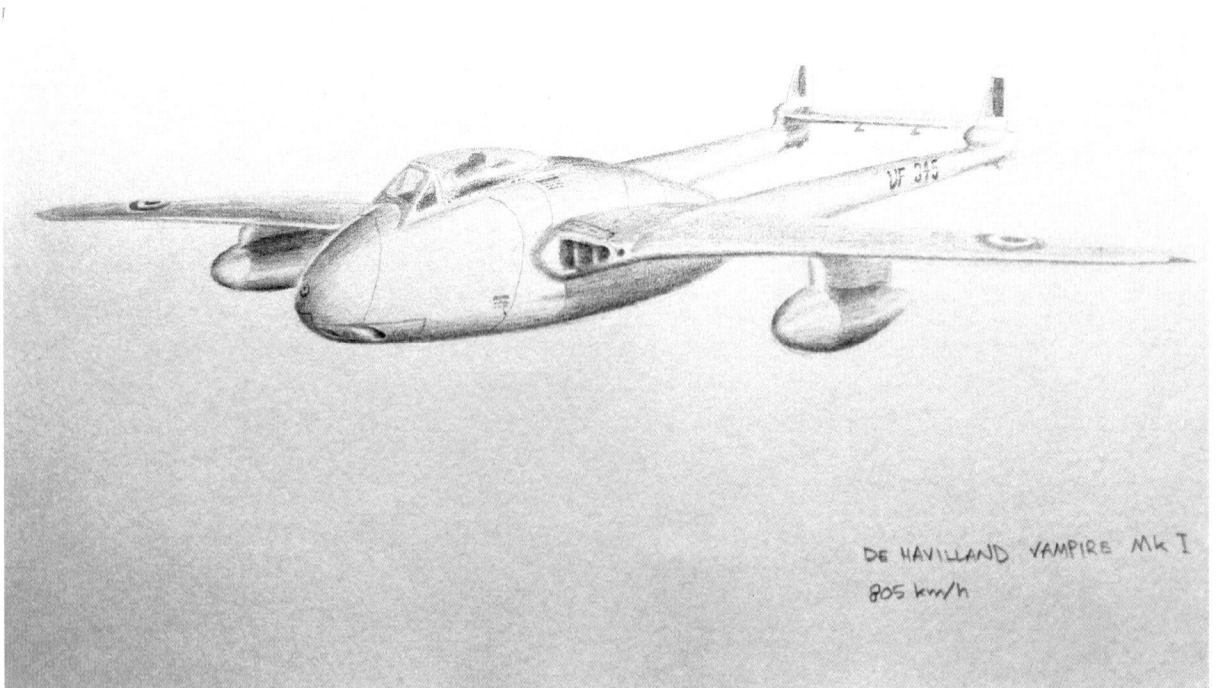

DE HAVILLAND VAMPIRE Mk I
805 km/h

Crowley 357

elefante

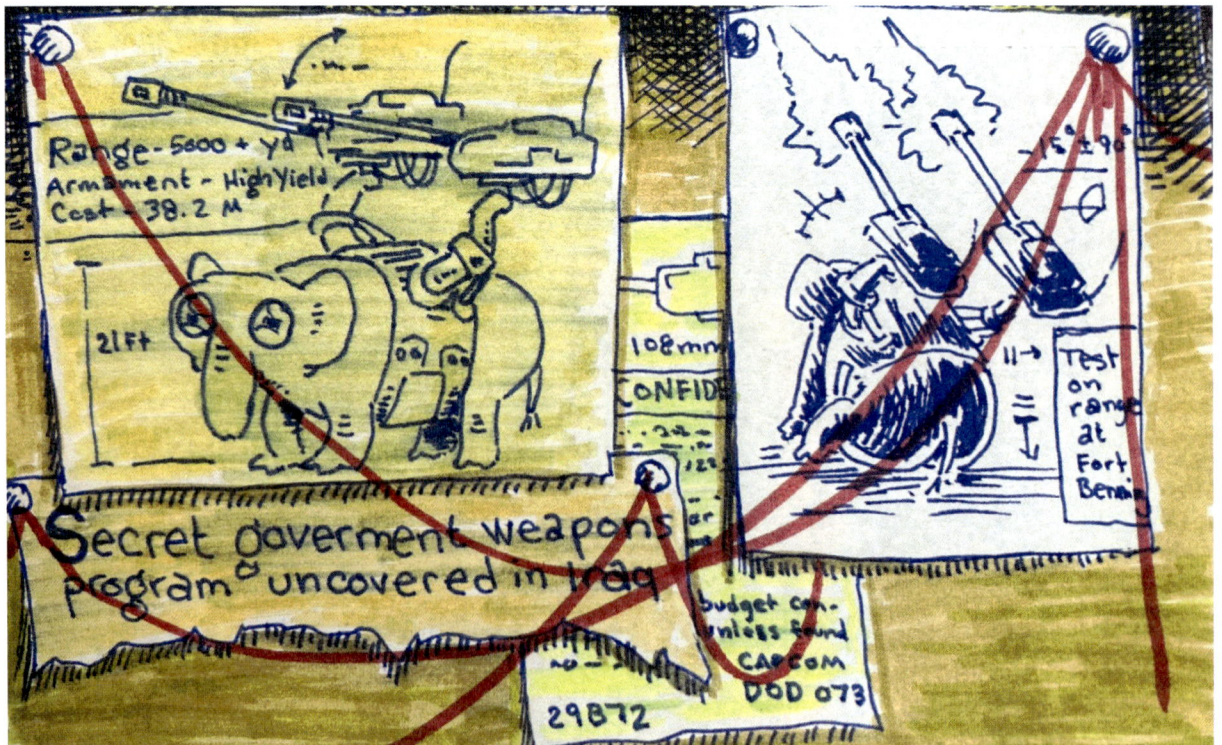

Range - 5800 + yd
Armament - High Yield
Cost - 38.2 M

21 ft

108mm

CONFIDE

Secret goverment weapons
program uncovered in Iraq

29872

budget con.
unless found
CAPCOM
DOD 073

Test
on
range
at
Fort
Benn

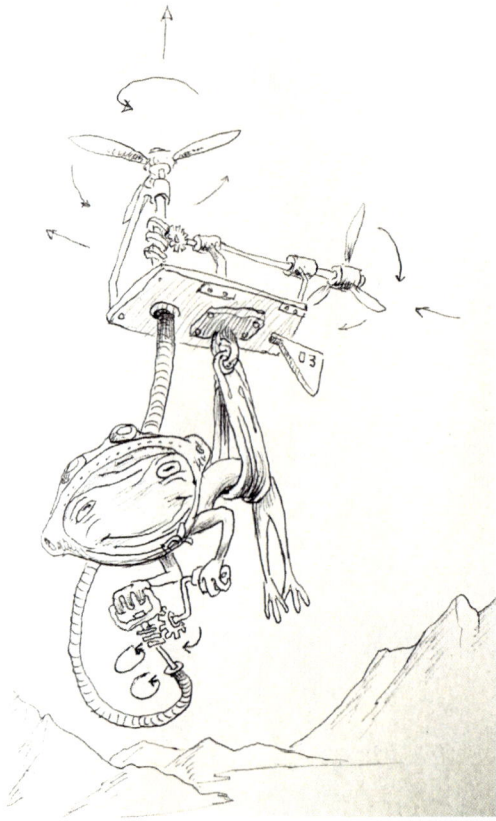

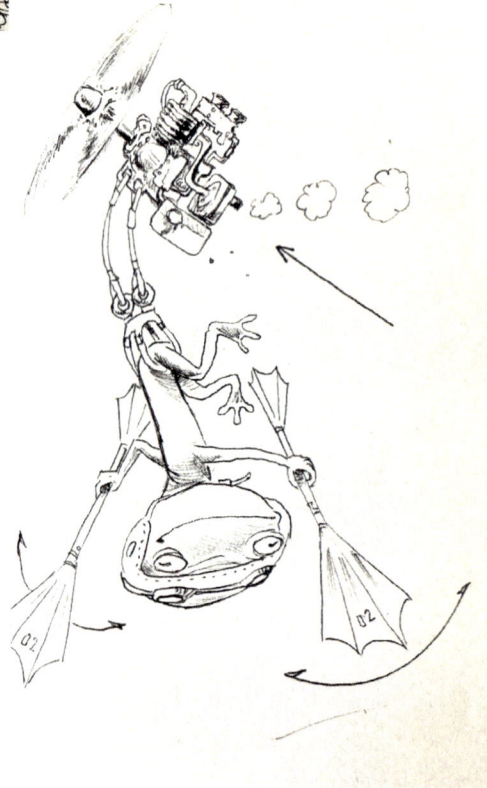

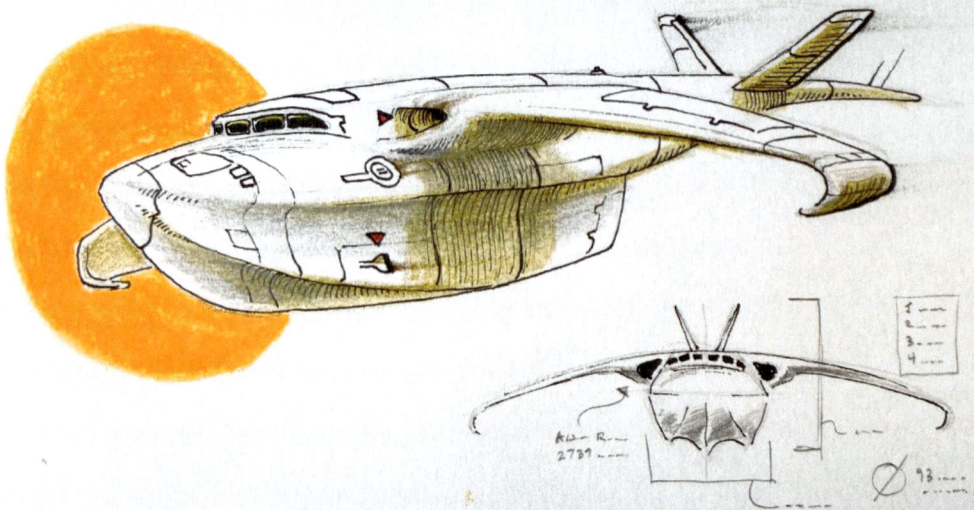

Embraer LS-9X construido para buscar record de
velocidad terrestre en 1997.
Proyecto cancelado después de que 1.3 ingenieros
fueron aspirados por la turbina izquierda — BBC

FOLIO 2987MO2919

Mousebits premium cat food

WARNING

CARTOON CHARACTERS DO NOT DIE

Almost Faster

Produced illegally in Kazakhstan during the 1992 incident only 3 remain in fully functional condition — REUTERS

hags ride brooms
Gentlemen ride...

Only the Finest
Handley Paige
Flying Shovels

JR QUISLING'S
Knicker De-rumpler
only at the finest purveyors

Dr Gropel's

orifice salve

somewhat effective

tasty ~ envigor...

Gwelnda Lumpycoddle's
WORLD FAMOUS CRAPPERSNICKLES

GAS

Lunch Coffee Oil    GASOLINE 25¢    Repairs    Chokingham's Pub

25

bad food fair prices

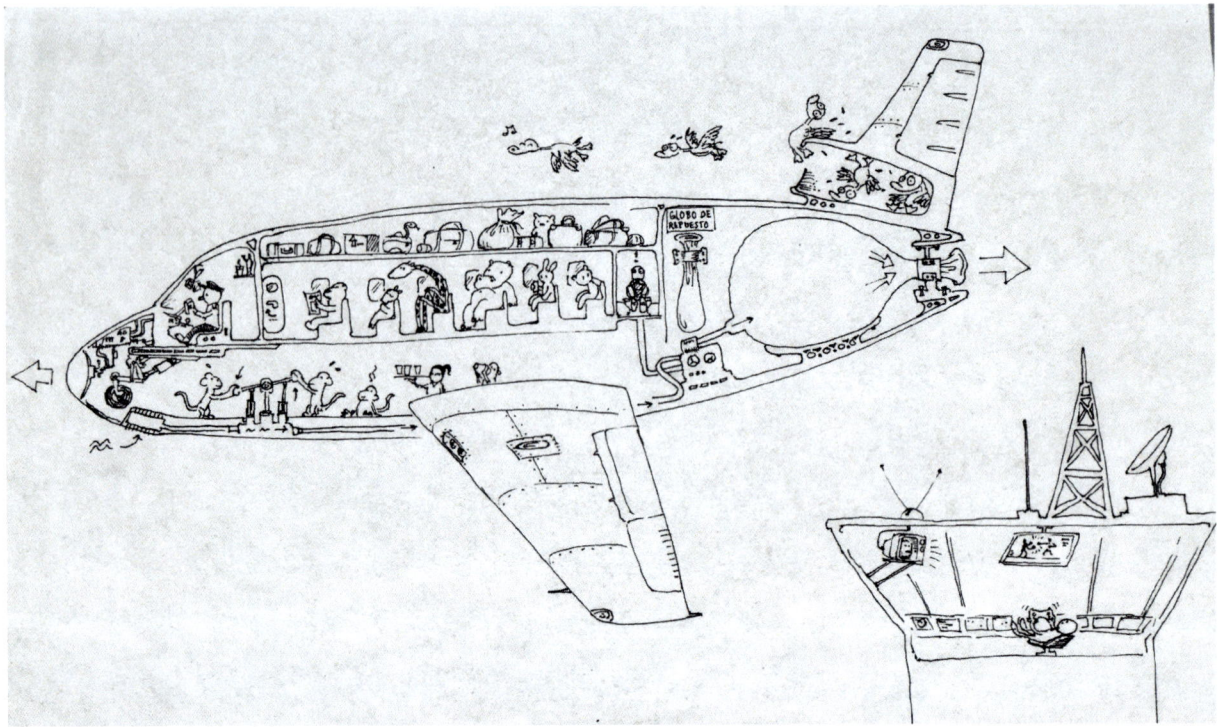

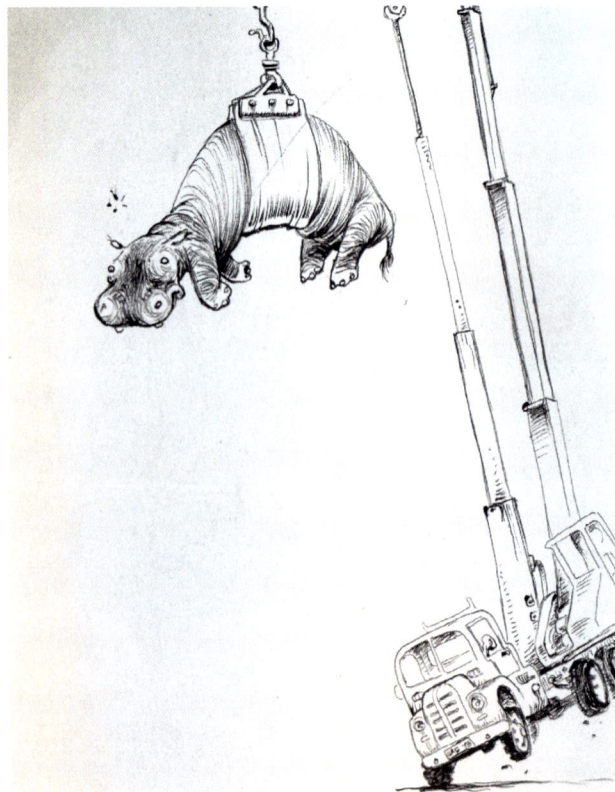

1979 - 6 años de edad. El dibuja a espaldas de la tarea
Siempre tuvo más importancia que la tarea en sí...

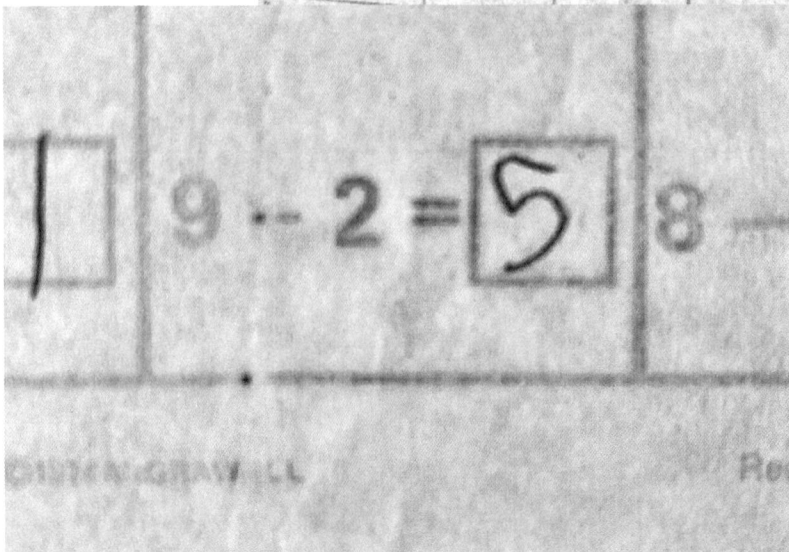

The Finish Line          Name: Victor

| $9-8=\boxed{1}$ | $7-6=\boxed{1}$ | $8-7=\boxed{1}$ | $5-3=\boxed{2}$ | $3-1=\boxed{2}$ |
| $9-6=\boxed{3}$ | $7-5=\boxed{2}$ | $8-5=\boxed{3}$ | $9-7=\boxed{2}$ | $4-1=\boxed{3}$ |
|  |  |  |  | $8-6=\boxed{2}$ |
| $6-5=\boxed{1}$ | $6-4=\boxed{2}$ | $9-5=\boxed{5}$ | $6-3=\boxed{3}$ | $8-2=\boxed{6}$ |
| $7-4=\boxed{3}$ | $8-3=\boxed{5}$ | $5-1=\boxed{4}$ | $7-3=\boxed{4}$ | $4-3=\boxed{1}$ |
| $9-1=\boxed{8}$ | $7-1=\boxed{6}$ | $2-1=\boxed{1}$ | $9-4=\boxed{5}$ | $6-2=\boxed{4}$ |
| $4-2=\boxed{2}$ | $5-2=\boxed{3}$ | $9-3=\boxed{6}$ | $5-4=\boxed{1}$ | $7-2=\boxed{5}$ |
| $8-1=\boxed{7}$ | $3-2=\boxed{1}$ | $9-2=\boxed{5}$ | $8-4=\boxed{4}$ | $6-1=\boxed{5}$ |

68685f3b-e874-4a51-b977-4eeddbbbc403R01